KB071714

청어詩人選 347

자네

이계설 시집

청어 도서출판

자네

이계설 지음

발 행 처 · 도서출판 청어
발 행 인 · 이영철
영　　업 · 이동호
홍　　보 · 천성래
기　　획 · 남기환
편　　집 · 방세화
디 자 인 · 이수빈 | 김영은
제작이사 · 공병한
인　　쇄 · 두리터

등　　록 · 1999년 5월 3일
(제321-3210000251001999000063호)

1판 1쇄 발행 · 2022년 9월 20일

주소 · 서울특별시 서초구 남부순환로 364길 8-15 동일빌딩 2층
대표전화 · 02-586-0477
팩시밀리 · 0303-0942-0478

홈페이지 · www.chungeobook.com
E-mail · ppi20@hanmail.net
ISBN · 979-11-6855-070-4(03810)

시인의 말

체험을 바탕으로 한
메타언어(metalanguage)의 발굴을 위해
언어의 광부가 된 나는
아직도 곡괭이질이 서툴기만 하다.
왜 이 부질없는 작업을 반복해야만 하는지를
자문해보기도 하지만
시인은 창조적 삶의 가치를 발견하는 것으로
또는 시대를 증거하는 것으로
그 직분을 수행하는 것이라 믿기에
스스로 위안이 되는 것이다.

2022년 늦여름
이계설

자네

4부 어떤 사진

5부 가시고기

1부

밥을 먹으며

작은 물고기가
오를 수 없는 폭포를 향해
기를 쓰고 튀어 오르듯
세상과 맞짱을 뜨기 위해
하루를 나선다

새재를 넘으며

잘 다져진 황톳길 위로
울퉁불퉁한 샛길이 구불구불 일어선다
조선시대
영남 선비들이 과거를 보기 위해
도포자락 펄럭이며 서둘러 한양 가던 그 길이기 때문이다

새조차 넘기 힘들었다는
조령
삼삼오오 짝을 지어
혹은 혼자
오로지 급제하기 위해 마음을 가다듬는 발자국마다 무서
리는 내리고

시간을 가로질러
툭 툭 도토리 떨어지는 소리 여전한데
금세라도 서늘한 기운을 가르며 칡범이 나타날 듯
더욱 으슥한 숲길에
금의환향길이 저만치서 환하다

길가 한 모퉁이
손바닥만 한 물웅덩이는 낙동강의 발원지 문경 초정

이 초라한 물 한 가닥이 계곡을 지나는 동안 강물을 이루어
마침내
바다를 여는 한민족의 뚝심을 보이고

야트막한 절벽에 그림처럼 흐르는 조곡폭포는
여행객의 정서를 흔든다

추풍령을 넘으면 추풍낙엽이 되고
죽령을 넘으면 미끌어진다는 설화에
새재를 넘어 과거 보러 가는 선비들에게서
물씬 풍기는 사람 내음

굽이굽이 실타래처럼 풀어지는 길목마다
전설은 움트고
계곡을 울리는 맑은 물소리를 따라
하루가 신명이 난다

남내리에서

두레패의 선율이
방문객의 하루를 신명나게 하는
여산[*]의 생가
군산시 옥산면 남내리 220번지는

일제 강점기
증조부이신 성재(性齋) 문종구 선생께서
황금의 탑을 세운
신화가 깃든 곳

이제
팔만필지 만석꾼의 흔적은
삭아가는 "修竹軒" 안채만 남아 겨우 맥을 잇고
대대로 주린 백성들의 쌀독이 되신
큰 손의 온기만 풀잎에 가늘게 스며있는데

중문 대문 도합 7개 문의 자취는 사라져
저택의 규모를 짐작할 뿐
세월의 물결은
앞마당 연못 가운데 뿌리박은 백일홍마저
먼지 날리는 길가로 밀어냈지만

삼대에 이어진 붓끝은 빳빳이 살아
마침내
여산의 펜은 상서로운 해를 품고
시공을 벗어난 사유의 水路에
수천의 금빛 언어를 방생하고 있다

*여산: 문효치 선생의 호

밥을 먹으며

밥을 먹을 때면 나도 모르게 합장을 한다
밥알 하나하나에
농부들의 소금내와
한 끼분의 양식을 위해 수고하는
나의 땀도 함께 보이기 때문이다

입 안 가득 단맛을 우려내면
무뎌진 혀끝에 감도는 황홀함
수고로운 나를 잊는 것도
잠시일 뿐

빛과 어둠이 뒤섞여 곡식이 여물 듯
이 땅에 발붙이는
세상 어디쯤
나는 홀로 익어가는 것일까

데카르트는
생각하기에 존재한다고 하였지만

만물의 뿌리는 나 자신이라 여기며
오늘도 나에게 보시를 한다

밥알 한 톨 남기지 않는다

회색 경계선

온통 회색이다
밑바닥이 없는 허름한 목선 한 척이
징소리 피리소리 북소리 어우러져 안개처럼 퍼지는
강 건너 기슭으로 떠나간다
언제나 만원이다
모르는 사람끼리 생전의 이야기 왁자하게 풀어내며
물살을 가르면
또 배를 기다리는 사람들이 연이어 늘어서 있다

이곳을 건너야 할 사람과
되돌아갈 사람들이 나루터에서 갈린다
영안실로 가는 길과 회복실은
한 끗발 차이
누군가 멀리서 부르는 소리에 눈을 뜨면
어둠의 끝자락에서 쏟아지는 눈부신 빛 조각

아 나는 강을 건너지 않았다
하늘을 다스리는 분께서
짐짓 화살을 빗나가게 하신 거다

거미의 발톱에 끌려가듯
끈적한 어둠 속으로 끌려가던 몸뚱이에
비로소
한 줌 햇살은 스미고
혈관마다
불씨처럼 다가오는 그분의 손길

요일

치과에 다녀온 기억 밖에는
한 주간 내내
무엇을 했는지도 분명찮은데
월요일이다

하루분의 주어진 몫에 감사하며
아침을 열면
여느 때처럼 시간은 들랑거리고
그렇게 하루가 책갈피를 넘기듯
가로등 불빛 속으로 넘어갈 것이다

매일 똑같이 반복되는 일상에
눈만 뜨면 월요일
나머지 요일들은 그냥 덤으로 묻어가고

달력 한 장이
스치는 풍경처럼 지나쳐버려도
월요일
또 월요일일 뿐이다

시비
–김경린 선생님

삼청공원 한 자락에

버티고 서서

눈비를 맞은 채

묵직이

묵묵히

여전히 강의를 하신다

통복천
-조깅을 하며

날만 새면
어깨를 나란히 일어서는
아파트 단지들

구릉이나 논바닥을 가리지 않고
한 줌 햇살이 누울 공간이면
어디든 쫓아와
양회덩이가 뿌리를 박는다

바람이 불 때마다 곱게 흔들리는
꿈결어린 원경은
하나씩 사라지고

사방이 벽에 막혀 일그러진 허공에
무너질 듯 내려앉는
야생 오리 떼

장끼의 울음마저 조각나는
통복천변을
나는 왜 여전히 헐떡이며 뛰는 것일까

아파트가 키를 세울 때마다
통복천에 흐르는 재화의 검은 욕망들
이제는 시야마저 빼앗기고

깨진 장끼의 울음소리
퍼렇게 가슴에 박힌 채
오늘도
무작정 달리고 있다

6월 단상

–또 6·25를 맞아

옥순이
휴전 무렵 이웃에 피란 온 깡마른 아이

가물한 기억 하나가
퇴적된 시간 위로 이마를 내민다

이제는 살이 오른 대한민국
십만 명도 남지 않은 육이오 참전 용사들의 전쟁수당이
고작 20만 원이라는 활자마다
분노는 서리고
그날의 총성은 여전히 가시를 세우는데

무심한 뻐꾸기 소리만
전사자들의 낡은 묘비를 흔들고 있다

누구는 징집돼서
누군가는 자원해서
또 누군가는 어린 학도병으로
피를 뿌려 지킨
이 등 굽은 땅을

본질은 외면한 채
언어의 채색에 능숙한 무리들이
차지한 오늘

옥순이
그 깡마른 세월의 아픔이
왜 자꾸만 생각나는 것일까

맞짱을 뜨다

작은 물고기가
오를 수 없는 폭포를 향해
기를 쓰고 튀어 오르듯
세상과 맞짱을 뜨기 위해
하루를 나선다

철책 너머에서 불어오는 불온한 기운과
안경 속으로 들어오는
기울어진 풍경들

휴전선 상공에
핵EMP 한 방이면
한반도의 하늘은 속절없이 무너지는데

남의 일인 양
여전히 꿈속을 헤매는
딱한 백성들

억새풀 위에
이름 없는 골짜기에
검붉게 흘린 무명용사들의 피는
이 땅의 심장에 소 떼처럼 뛰고

독은 독으로 다스려야 할 때
인공기 저쪽으로 금가루를 날리자는
허접한 족속들

맨땅에 박치기를 하여도
허공에 주먹질을 하여도
부질없는 짓일 뿐

흙탕물 위로 힘겹게 주둥이를 내미는
송사리 하나
내일 또 맞짱을 뜨기 위해
우그러진 몸을 추스른다

끈

잔잔한 기쁨으로 다가온 "리리"*
바람이 옷깃에 스미듯
추억 속으로 들어갈 때
마지막 입맞춤으로 너를 배웅한다

슬픔의 비는 혈관을 적시고
부피를 더해가는 상실감에
휘청대지만

연잎에 구르는 이슬처럼 왔다가 떠나가는
네 작은 숨결은
내 안에 남아

놓아야 할
인연의 끈을 아직도 아프게 쥐고 있다

*리리: 7년을 함께한 작은 고양이

만복씨

"오늘 임대아파트 재계약하러 갑니다
그간 소득이 있는지…
있으면 얼마나 있는지…
등등 2년마다 여러 가지 사항들을 점검하거든요."
그의 언어가 눈 위의 시린 발자국처럼 찍혀온다
"그럼 임대주택에 들어갈 수 있는 자격조건은요?"
"• 기초수급 대상자
• 장애인
• 무소득자
• 무주택자
…
이중에서 나는 네 가지 모두에 해당합니다. 재계약에는 자신있지요."

어쩌다 돈을 딴 서툰 노름꾼처럼
스스로가 대견한 40대 가장 만복씨

이름에 만 가지 복이 들어 있는 그를 보며
왜 자꾸만 가슴 한켠이 젖어오는 것일까

맞짱을 뜨다 2

올림픽 개최지가 평창인지 평양인지 헷갈리는 오늘
뜻 모를 한반도기가 개막식 하늘을 덮는다고 한다

북측 선수단 20여 명에 덤으로 따라오는 수백 명의 사람들
남의 잔칫상에 달랑 입만 달고 뛰어들 이 사람들은 누가
부른 것일까

오로지 올림픽 출전을 위해 젊은 심지를 불태운
애꿎은 우리 선수들만
단일팀 구성이란 수상한 놀음에
피박을 쓰고

북에서 온 현 모라는 여자에게
굽실대는 관리들을 보며
치미는 울화를 가래로 토할 때

이상한 기류에 얼어붙는 태극기
우리의 자존심

허공을 향해 또 부질없이 주먹을 휘둘러 본다

본색

손바닥만 한
평창올림픽 하늘에
하얀 분칠을 한 까마귀 떼가 날아들었다
북에서 왔다고 한다

구구구 구구
제법 비둘기 흉내는 내고 있지만
까마귀는 까마귀일 뿐인데

그들을 향해 손짓하는
이상한 사람들

빨강과 붉은색은 동색인 줄 누군 모를까

봄비

무녀가 혼령을 부르듯
겨우내
침묵으로 굳어버린 생명을 불러내고 있다

침묵의 터럭은 수없이 자라
자라난 터럭의 수만큼
곤한 잠에 묶여 있는 의식의 뿌리들

한 방울
차디찬 수분이
잠든 어깨를 흔들면

무녀의 방울마다 신이 짚혀
파르르 울 듯
그렇게 혈관은 몸을 풀고

마른 대지에
지천으로 깨어날 연두빛 혼령들
윤회의 강물에 발을 담근다

2부

수행자

비록 한밤의 허리를 토막 내는 어깨의 통증처럼
일상이 흔들릴 때라도
잊지 말거라
종종걸음으로 먹이를 찾는
참새의 작은 부리에
언제나 빛나는 아침이 들려 있음을

부활절 달걀

창날에 찔리고
대못에 박혀 절명한 달걀 한 개가
부활절 아침
얇은 껍질에 싸여
둥글게 익은 사념을 식탁에 쏟는다

밥을 먹을 때나
습관적으로 감사를 드릴 뿐
그분을
길거리나 하수구에 패대기친 적이
어디 한두 번이었으랴

갈수록 뻔뻔해지는 심장은
가롯 유다의 까칠한 수염을 키우고
간혹
의심에 찬 도마의 손이
내 손을 대신하기도 하지만

거센 풍랑 앞에서는
온몸을 사르며 매달리는 이중성에
부표처럼 흔들리는
오늘

반쯤 으깨진 노른자에서
맥박이 뛰는 소리
대못 자국 선명한
그 분의 숨결을 감지한다

수행자

바람도 휘어지는 차마고도
길마다 오색 연꽃을 새기는
이름 없는 수행자의 오체투지는
범종소리보다 크게
어두운 가슴을 허물고

너무나 간절해서
이루어질 수밖에 없는 중생을 향한 꿈은
온몸의 상처로 남아
홀로 타오를 때
왜 영문을 모르는 슬픔이 북받쳐올까

세 번 손뼉을 쳐
몸과 마음과 입을 정화하고
납작 엎드려
지극히 낮은 자세로
하늘을 경배하면
물에 씻긴 듯 빛나는 지구

닳아 해진 수행자의 허름한 모습에서
시간의 하중과 공간을 벗어난
불멸의
금빛 광채를 본다

편지
–딸에게

시멘트 갈라진 틈새로
가느다란 목을 내밀고
햇빛을 향해 발돋움하는 풀씨처럼
거품 이는 하루를
날 세운 결기 하나로 헤쳐 가는 너에게
박수를 보낸다

돌아보면
주저앉고 싶었던 날들이 어디 한두 번이었겠느냐
어느 것 하나라도 만만한 상대가 아님을
몸으로 깨닫고
경험으로 새길 때
비로소
유충이 허물을 벗듯 더욱 단단해지는 거란다

행여 조급증을 내세워
무작정 뛰려고만 하지 말거라
사람의 한평생은 장거리 경주
더러는 걷기도
천천히 달리기도 하는 것

때로는 이름 모를 꽃의 향내에 취하기도 하고
비바람이 몰아치면 쉬기도 하면서
다시 오던 길을 되돌아가야할 때는
과감히 되돌아가기도 해야 하는 것이
오늘을 사는 지혜다

네가
어렴풋이나마 세상 이치에 눈을 뜨면
흩어지는 낙엽에서도
무상하게 사라지는 것의 아름다움을 볼 수 있고
내일은 그냥 내일 가서 만나는 오늘일 뿐이라는
어느 스님의 말씀도 귀에 들어올 것이다

비록 한밤의 허리를 토막 내는 어깨의 통증처럼
일상이 흔들릴 때라도
잊지 말거라
종종걸음으로 먹이를 찾는
참새의 작은 부리에
언제나 빛나는 아침이 들려 있음을

끈 2

목련이 피는 날
약봉지로 연명하던 다람이*
그예 불편한 몸을 벗고
달빛 같은 잔상만
여린 내 가슴에 새겨놓았다

자잘한 추억들
잎새마다 잔물결을 일으키는 바람처럼
부드럽게 스쳐가고
또 스쳐오고

그냥 눈물을 흘리면
명치끝에 고여 있는 슬픔의 덩어리
조금은 덜어낼 수 있을까

만나고 헤어짐은 피할 수 없는
세상 이치라고 하지만
왜 이토록 보낼 수가 없는 것인지

새순이 돋는
이 아침
언젠가 윤회의 길목에서 기다릴
너를 생각한다

*다람이: 8년을 함께한 작은 고양이

끈 3

–다람이를 생각하며

애절함이 달여져 한 알 씨앗이 되었다
그 안에서 싹트는
연민의 잎새들

수북이 쌓인 눈 위로
또렷하게 찍힌 너의 발자국처럼
추억만 남긴 채
잠자듯 꿈길을 떠나갔지만

단지
허물만 벗은 거라고
여전히 여기 있는 거라고
나 자신에게 우긴다

황홀한 통증이다

끈 4

푸른 신호등 저쪽에서
부리나케 뛰어오는 여중생처럼
또 하루는 가고

다람이를 업고 동물병원으로 왔다 갔다 하던
그 길에
아카시아 향기가 비에 젖는다

네 생각에
시간은 멈추고
새침하게 전해지는 작은 기억들

사유의 공간을 아무리 헤매도
제자리일 뿐

질긴 인연의 끈을
왜 이리 끊을 수가 없는 것일까

어느 6월 6일

부식된 철모처럼
이제는 뻐꾸기 울음에도 녹이 슬었다
그날
아버지의 아버지가
낯선 능선에서 피를 뿌릴 때
발을 구르며 애타게 소리 지르던 뻐꾸기

청기와 집 하수구에 기생하는
완장 찬 쥐 떼들
마침내 본색을 드러내었다

신성한 국립 현충원에서
철책 저쪽
한때는 서열 3위 김 아무개의
붉은 악령을 소환하고

무엇으로도 표현할 수 없는
무한한 감사와 존경이 깃든
6·25 호국 영령들 앞에서
한반도의 허리를 작살낸 전범을
대한민국 국군의 뿌리라고
헛소릴 지껄인 것이다

우리의 순수는 또 이렇게 살해되고
확 소금이라도 끼얹고 싶은 오늘

하늘은 분노의 벼락을 삼키고 있다

어느 날

신경을 파고드는 가느다란 통증

저절로 튀어나오는 신음소리가
툭툭 진료실 바닥에 떨어지고

이제 희망처럼 남은 한 개 어금니마저
뽑아야 한다

한 입 더 크게 물어뜯기 위해
칼같이 갈아둔 이빨들
어느새 죄다 빠져 나가고
그 자리마다 무겁게 차오르는 상실감

하지만
추억만 남길 뿐
스쳐간 물결은 다시 오지 않는 것

순한 짐승이 뱀에게 달려들 듯
날마다 억세지는 하루를 감당할 수 있을까
헐렁하게 남은 이빨에 힘을 줘본다

지금은

몇억 광년 떨어진 곳에서 벌어지고 있는
행성의 탄생을 보며
활자마다 아우성이지만
아득하게 사라진 기억만큼 실감할 수가 없는 것은
상상력 밖으로 뛰쳐나간 거리감 때문일까

보이지 않는 손이
빛으로
어둠으로
혹은 눈물로
우주를 조율하고 있음을 깨달을 수 있을 때
비로소
참다운 눈은 떠지겠지만

지금은
단지 길가에 피어 있는 꽃 한 송이에
한눈팔고 있을 뿐

변신

큰 바위 얼굴인 양 행세하던
그
단번에 허물어지고 있다

어둠의 등 뒤로
붉은 발톱과
때 낀 손톱을
길게 키우고 있었기 때문이다

거품 이는 그의 입에 표류하는
"기회는 균등하게
 과정은 공평하게
 결과는 정의롭게"는
한낱 걸레만도 못한 포장지에 불과할 뿐
썩은 내장을 비단보자기에 싸서 흔들며
민초라는 둔한 짐승들을 홀리고 있었다

촉수마다
개벽 이래 처음 보는
위선의 비늘을 세우고
듣도 보도 못한 신종 벌레로 변신한
그

아무리 세상을 혼절시키고
검은 혀로 하늘을 가린다 해도
잠시일 뿐

천형과도 같은
스스로의 그림자는 지울 수 없을 것이다

상식

마음이 시려오는 것은
등까지 차오른 가을비의 한기 때문만은 아니다

낮은 밝고
밤은 어둡다는 보편적 상식이
어느 날 뒤집혔기 때문이다

인분이 잔뜩 묻은 손으로
심장을 수술하려 대드는 집도의가 있다면
상식일까 상식을 벗어난 것일까

아닌 걸 뻔히 알면서도
패거리를 앞세워 호두 껍데기처럼 몸을 감싸면
태풍을 비켜갈 수 있을까

상식의 눈을 가진 물결이 광화문 하늘을 덮치고
온 나라를
신선한 기운으로 채우지만

왜 여전히 독거미 같은 족속들이
촛불을 들고
도사리고 있는지

그러나
아침이 오면
참된 태양은 발끝을 세워
힘차게 떠오를 것이다

자네

생각보다 많이 닮았네 그려
온몸의 신경선은 올올이 G현이라 했지
스치기만 해도 늑골 사이로 애잔한 선율이 빠져나간다고 했지
언어의 미혹에 이끌려 반풍수처럼 실없는 세상을 달려왔다고 하였지

정신 좀 차리시게
교환가치도 없는 몇 줄 이미지가 쌀이 되던가
그러기에 자네 부인은 질색을 하지 않는가

바람 끝에 풀리는 풍경소리같이
스스로도 어쩌지 못하는 끼가 있음을 아네만
이제 정신을 차릴 때도 되었네

그까짓 이미지 몇 개쯤 떠오르지 않는다고
조바심을 하지 말게
더 이상 밤을 불질러가며 뼈를 깎지 마시게

하지만 몇 날 며칠을 살라 겨우 언어 몇 줄 건져놓고
주먹 가득 사탕을 움켜쥔 아이처럼 깡충대는 자네에게
어떠한 권유도 부질없음을 아네
팔자가 그런 걸 어쩌겠나

깨알 한 알에서도
우주의 이치를 따지는 자네에게
이제는 질렸네 그려

석양을 머금은 하루가
무릎 아래로 기울 때까지
또 실없는 세상을 달려보게나

절망

하루가 등을 돌린다
한 달이 등을 돌린다
벌써 3년 가까이 등을 돌리고 있다

하늘마다 잔금이 가고

눈을 닫고
귀를 막고
한쪽으로 한쪽으로
검은 그림자를 드리우며 몰려가는
군중 속에
작은 돌멩이 하나 가라앉는다

가슴을 허문 채
아주 깊숙이
별이 떨어지듯

세밑 소고

가느다란 숨결이 멈출 듯 붙어있는 잎새처럼
한 해의 마지막 달력이 간당거린다

늘 이맘때면 선술집 포차도 붐비고
까칠한 바람이 목젖 깊숙이 파고드는데
둔탁한 문을 나서는 낡은 가방 하나
억센 손아귀에 압축된 일상이 접혀 있다

정년퇴직을 평생의 훈장으로 여겨온
이 땅의 아버지
머리 조아리며 버텨온 그 긴 세월을
하늘은 아는지 싸락눈이 날리고

지금도 반백의 자식에게
"밥은 먹었느냐"는 목소리는
언제나 축축하기만 한데

외투 깃 속에 찌든 하루를 묻고
막차를 기다리는 사람들 틈에서
또 젊은 날의 아버지가 동동거리고 있다

3부

그 여름날

"기차는 멀리 떠나고 당신 여기 홀로 남았네…"
눈발이 흩날리는 가사가
굵은 빗방울에 섞이는
지금
왜 젊은 날의 내가 덩달아
가슴 조이고 있는지

이상한 풍경

시간을 거슬러
역병이 돌던 조선 시대 하늘이
환하던 빛조차 삼키며 흘러내린다

중국
우한에서 날아온 바이러스가
이웃을 오염시키고
그나마 나누던 온기마저 거두어가기 때문이다

활자마다
마개를 닫듯 가정집도 봉쇄당한 우한 환자들이
벽을 들이받고
다리에서 뛰어내리는 절박함을 호소하지만

우리의 성문은 열어둔 채
옥새를 가진 자는 보이지 않고
온통 세상이 동공화 되는 오늘

사람들은
실오라기 같은 목숨을 부지하기 위해
시드는 풀처럼 몸부림치고

전철역에도
번화가에도 뜸한 인적에
마스크만 둥둥 허공에 떠다니고 있다

이상한 풍경 2

「목숨보다 더 두려운 외로움…
폐쇄된 경로당에 인기척이 들렸다」
사회면 머리기사 제목이
쿡
심장에 박힌다

폐쇄된 공간을 가늘게 찢으며
쪽빛처럼 새어 나온 웃음소리

혼자라는 것
우두커니 어둠 속에 남겨진 맥박만
홀로 타들어간다는 것은
우한 바이러스보다
더 질리는 일인지도 모른다
삶의 고비마다
모래산을 오르듯 힘겹게 넘어와
해질 날만 기다리는 가냘픈 노인들
이제는 마지막 군불을 지피듯
더운 숨결을 나눌 수 있는 누군가가
그토록 목마른 것이다

마스크만 동동 떠다니는
오늘
이웃과의 만남이 오히려 두려운데

모르는 사람끼리 잡담을 건네고
어깨도 비비면
허름한 공터에 봄기운이 고이듯
메마른 가슴을 적시는 따스한 위로

구름을 헤집고 한 줌 햇살이 뿌려진다

이상한 풍경 3

문밖을 나설 때마다 마스크를 쓰면
방독면을 쓴 채
전선을 달리는 병사가 된다

어디론가 증발한 수억 개 마스크의 행방은
여전히 아리송한데

WHO의 권고를 진흙발로 밟으며
바이러스가 훤히 드나드는
재활용 마스크를 사용하라는
관계부처 나으리

"사회적 거리두기"라는 참 고운 말은
일상과 생업을 접으라는
또 다른 표현인데
옥새를 가진 자는 무엇이 좋은지
시커먼 목젖을 드러내며 웃고

지구 곳곳에서
입국을 거부당하는 한국인들
졸지에 불가촉천민이 된다

눈만 뜨면 신도시처럼 불어나는
확진자들

보건마스크 하나 살 수 없는 하루가
이 추운 날
사정없이 발가벗겨지고 있다

이상한 풍경 4

1
마스크 한 장 사기 위해 수백 미터의 구불구불한 줄이
약국마다 생겼다
6·25사변 직후
허기진 난민들이 멀건 우유죽으로 연명하기 위해
깡통을 들고 수백 미터씩 늘어섰던 배급소 앞
그 그늘진 장면이 왜 자꾸만 겹쳐오는 것일까

2
한 겹씩 어둠을 걷어내며 숨을 고르는
대구시
깨진 일상을 되돌리기 위해
고요함 속에 조금씩 온기를 지펴가고

가벼운 환자들은 중증 환자들에게
자신의 하루를 덜어준다
외부인들은 아예 얼씬도 할 수 없게 못질을 하는 시민들

발원지 중국 우한과도 같은 이곳에
의료봉사자들의 땀방울만 강물처럼 흐르고

눈발 속
가슴마다 새싹을 틔우는 시민들과
혓바닥만 요란한 청기와집 나으리들
저울추가 참 많이도 기운다

봄은 봄인데
아직도 봄이 오지 않는 오늘
사람들은 보이지 않고
속절없이 마스크만 떠다니고 있다

개나리꽃처럼

마스크에 갇힌 일상이 진흙탕에 뒹군다
이웃과의 숨결을 나눌 수 있는
소소한 행복도 증발해버리고
접촉이 두려운 우울함만
켜켜이 쌓여가는
오늘
지인이 전해온 문자메시지
"아픈 계절이 되어버린 봄을 건강하게 건너시길…"
순간
평범한 일상이 바로 천국이었음을
바늘에 찔린 듯 깨닫는

평생을 깨우치지 못했던 도(道)

끝을 알 수 없는 우한 바이러스의 강물이
세상을 뒤덮고
더러는 물에 빠지기도 하며
익사하기도 하면서
사람들의 심장마저 얼어가지만

다투어 피는 작은 개나리꽃처럼
의료봉사자들의 온몸에 솟는 고운 땀방울들
이렇게
아파도 봄은 희망처럼 오고 있다

또 어느 날

밖에는 굵은 빗줄기가 쏟아지는데
성악가의 고운 음색에 싸락눈이 뿌려진다
굵은 빗방울과
싸락눈
부조화 속 조화를 이루는 곡조가
좁은 공간을 맴돌고

"기차는 멀리 떠나고 당신 여기 홀로 남았네…"
눈발이 흩날리는 가사가
굵은 빗방울에 섞이는
지금
왜 젊은 날의 내가 덩달아
가슴 조이고 있는지

홀로 남겨진 심지처럼
외롭게 타오른 나의 젊은 날이
빗물에 쓸려오고
쓸려가고
또 그 위에 눈이 날린다

오늘같이
비 오는 날의 음악은
커피잔에 마시는 진한 포도주다

세상 참 2

1

프랑스의 6·25 영웅 몽크라드 장군의 장례 때는
드골 대통령이 앞장을 섰다는데…
몽고메리, 맥아더, 패튼 장군 등도
국가가 그 명예로운 죽음을
온 마음으로 애도하였다는데…
옥새를 가진 자는 보이지 않고
구국의 영웅 백선엽 장군은 대충 육군장으로
얼버무린다고 한다

2

자살한 박원순 전 서울시장은
서울시가 나서서 장례를 치른다고 한다
자살 사유는 성추행 피고소인 신분이라는 것 같지만…
더불어××당이 내건 조문 현수막
"님의 뜻을 기억하겠습니다"는 무슨 뜻일까

3

"박원순 고소 여성 색출해 응징하겠다"
현정권 지지자들의 악다구니

4

"법정서 그분께 이러지 말라고 소리 지르고 사과 받고 싶었다"
"거대한 권력 앞에 힘없는 나… 법의 보호를 받고 싶었다"
박원순 전 시장을 고소한 피해여성의
검불 같은 외침
………
……
…

알 수 없는 것은
저울추가
언제나 이상한 쪽으로만 기운다는 사실이다

세상 참

그 여름날

몇 달이면 걷히겠지 하던
우한 바이러스의 안개는
가느다란 희망마저 포박하고

철책 너머에서 스며드는 불온한 징조들
애꿎은 우리 어업지도선 공무원 중 한 분이 표류해
목숨까지 화장되었다
멀건히 불구경만 한 청기와 집 나으리

소 닭 보듯
무관심만 쌓여가는 민초들은
순한 가축같이 길들여지고
점점 왼쪽으로 뒤집히는 한반도

쿼바디스 도미네

아무리 목에 불을 지펴도
메아리가 없는
오늘

지루한 장마 끝자락
메시아처럼 구름을 비집고 배달된
햇살 한 조각

젖은 세상을 조금씩 말리며
아직도 물이 떨어지는 나의 등 뒤로
따스한 손을 내민다

소리를 보다

아직도
비닐봉지처럼 떠다니는
우한 바이러스 사이를
살얼음을 밟듯 건너가지만

아픈 봄을 가로질러
초여름 입김이 닿은 가지마다
희망을 틔우는
연두빛 혈관이 부푼다

마스크만 허물면
홀가분한 기운에 날개가 솟고

청량음료와도 같은 평범한 일상을 잠시 맛보며
흙탕물 속에 흐르는
한 줄기 맑은 물
내면의 소리에 눈을 뜬다

어둠이 짙을수록 더욱 또렷이 보이는
아침이 오는 소리

신축년에 들어서며

내 나이에서 지우고 싶은 경자년도
시간의 단층대로 옮게 편입되고 있다
우한 바이러스의 촉수는
또 신축년 새해를 모질게 조여오고
아직은 평범한 일상을 찾아올 수 없지만

찬바람 속
양지쪽에 조는 노인처럼
조금은 여유가 도는 것은
하루살이 떼조차 푸근히 품어주는
대지의 심장소리가
지척에서 감지되기 때문은 아닐까

이른 아침부터 몰아치는 눈은
참 싸가지도 없다는 생각을 하며
마시는 블랙커피 한 잔
유난히 향기가 맑다

희망고문

한 때
구름을 뚫을 듯 치솟던 화살표가
돌연 정전이 되면서
상대편 그래프가
갑자기 까치발을 세워 역전이 됐다
여러 곳에서 검은 보자기가 씌워지고
투표용지가 새끼를 쳤다
무슨 증거라는 것들도 마구 쏟아졌다
늪의 물이 빠지고
곧 부정한 일을 저지른 자들이
미꾸라지처럼
꼬불거리며 드러나면
한꺼번에 잡아낼 거라고도 했다
그럴 때마다
나의 작은 가슴에 불꽃이 튀었지만
보약 같은 시간은 그렇게 지나가고
뒤숭숭한 소문만 발 빠르게 지구촌을 쓸었다

군대도 동원되었지만
모든 일은
길바닥에 밟히는 낙엽같이
그냥 맥없이 끝나고
늦가을부터 한겨울까지 이어진
한낱 희망 섞인 고문뿐이었다

그랬으면 좋겠다는…

작은 빛

상처가 깊을수록 또 다른 상처가 생긴다

“정의, 균등, 공정”의 황금가면으로
위선의 민낯을 가린 채
사람들에게
치유할 수 없는 흔적을 남긴
완장 찬 패거리들

이 곪은 세상을
과연 누가 정화할 수 있을까

굳게 닫힌 철문 틈새로
가느다란 빛이 삐져나오듯
고름투성이의 땅을 씻어낼 순백의 손이
조금씩 자라고
비로소
껍데기만 남은 소망에 핏줄이 선다

다시 주인이 되어야 마땅한
이 땅의 백성들

작은 빛 2

활자마다 힘줄이 선다
“상식과 정의를 되찾는 반격의 출발점”

핏덩이가 고여 있는 혈관처럼
막혔던 가슴이 후련하게 뚫리는 아침

희망이란 추상명사에 조금씩 날개가 자라기 시작하고
단 한 번도 경험해보지 못한 불온한 세상을
허약한 어깨로 버텨 온 시간들

이제야
한 줄기 빛이 허기진 등에 꽂힌다

거짓선지자들보다 더 추악한 위선자들을
한반도에서 솎아내면

구멍 난 태극기의 혼을 되찾을 수 있을까
붉게 스러져가는 이 땅을 다시 깨울 수 있을까

4부

어떤 사진

향기로운 꽃잎이 날리는 새날이
5월의 품에서 깨어나는
아침
모래 위에 쓴 시처럼 지워진 날들이
왜 자꾸만 떠오르는 것일까

현충일에

헌화 송이마다 피를 토한다
크고 작은 능선에서
혹은
바다에 뿌려진
이름 모를 병사들의 피가
지금도 뚝뚝 떨어지고

멀미 나는 세상을 쪼개며
묵념을 알리는 사이렌이 물결치면
풀같이 솟아나는
상처받은 기억들

총성에 찢긴 그날의 하늘이
사람들 가슴에
가시처럼 박혀 있는데

잘려나간 천안함을 보며
저들 짓이 아니라고 우겨대고 싶은
붉은 쥐 떼들

현충원 성지를 어지럽히는
삼류 정치꾼의 발자국만
여기저기
부끄럽게 남아 있다

거울 앞에서

생채기로 남은 삶의 흔적들
꼼꼼히 들여다 본다

사탕 한 개에도 환하게 웃던
어린 시절과
초록빛 꿈이 여물던 청소년기
그리고 사람같이 보였던 중 장년기

나이테의 굴곡이 깊을수록 사람의 형상도 마모되나 보다

꿀 바른 속삭임에 끌려다니던 귀와
향수에 취하던 코
꽃밭에 정신줄 놓았던 눈은 모두 어디로 가고
밥알 하나라도
더 털어 넣기 위해 분주했던 입만
무뎌진 이빨에 힘을 주고 있다

닮아가는 얼굴을 볼 때마다
부질없이 거울 보는 시간만 늘어난다

백신을 맞으며

툭
바늘 떨어지는 소리도 들릴 것 같은
쪽마루에 햇살이 핥아 오고
잠시 세상을 등져도 아무렇지 않을
충만감이 차오르지만

우한 바이러스의 긴 손톱이
마스크에 갇힌 일상을 후비고 있다

풀밭에 뒹구는 강아지처럼
아무 일도 일어나지 않는 날이 천국일까
2차 접종을 마치면 정말 마스크에서 벗어날 수 있을까

백신 바늘이 살 속을 헤집는다
약간의 멀미와 두려움이 교차하지만
어둠으로부터 빛이 오는 것임을 굳게 믿으며
점점 늘어지는 몸을 달랜다

하루의 결대로 따라간다

정군에게

부끄러운 가슴 한 페이지를 찢어
너에게 보낸다

노점상들의 소금기 배인 푼돈과
모금에 앞장서는 젖은 지전이
너의 가느다란 손금에 쌓이는 것은
아버지처럼 늘 푸른 군인이 되고 싶다는
네 작은 씨앗을 틔우기 위해서다

다섯 살 때
천안함 폭침으로 산화한 아버지의 얼굴을
등에 지고
겨우 물오른 열여섯 나이에
어머니마저 눈에 심어야 하는
너는
아직 펴지 못한 삶의 갈피가 단단히 접혀 있지만
이 땅을 숨 쉬는 모두가 온기로 풀어줄 것이다

국화 몇 잎 떨어진 자리에
햇살이 쏟아지는 것은
우러러 볼 하늘이
아직은 눈부시게 남아 있기 때문이니
더욱 푸르게 싹을 틔우거라

백지로 접히다

깨끗이 비질한 내 가슴에
누군가 흙발로 들어왔다
피가 묻어 있다

무삭제로 배달된 동영상 하나

탈레반 점령군의 검은 총구와
여인들
시간의 줄 끝에 간당거리던 목숨은
마침내 돼지가 도살되듯 해체되었다

인간의 빛이 소멸된
지옥은 바로 이런 모습일까

순간 나는 한 장 백지로 접힌다

알 수 없는 분노만 얼음처럼 심장에 박히고
밤마다
토막 난 여인들의 머리와
팔다리가
내 방을 기웃대는데

무능한 나는
코나 골며
아랫도리에 장대를 세우기나 할 뿐

편지
–딸에게

추석이구나
달빛을 바른 마음을 전한다

아비의 어린 시절은 6·25사변으로 사라졌다
생선뼈처럼 뇌리에 박혀있는 건 배고픈 기억일 뿐

초등학교 2학년 때 추석이었나 보다
물에 씻긴 듯 아무것도 없는 아침이 너무 서러워
울음을 터뜨린 추억만 숨은 문신같이 새겨져 있다

심장을 깨운 너의 어미를 만나
기를 쓰고 공무원 배지를 달았다
하지만
어이없게도 봉급을 수령하고 채 보름이 가기 전에
봉급봉투가 하얗게 질려
손님이라도 올까 겁을 내야 하는 어린 시절 데자뷔 현상이 펼쳐지곤 하였다

마침내 공직을 접고 시장바닥에 새 둥지를 틀었다
물고 물리는 시장 생리에 부대끼며
밥그릇을 챙기기 위해 물불을 가려서는 안 되는 이치를
뒤늦게 터득하기도 하였다

본래의 나는
작은 주머니처럼 오그라들고
그 자리에
싸움닭이 자랐다

비록 장마당에서 개펄의 망둥이처럼 키웠지만
너에게는 아비의 어린 시절을 물려주지 않아도 되었다
그것만이 다행이라 여기며 오직 앞만 보고 달려온 세월
어느덧 이마에 석양이 물들었구나
아직도 깃 빠진 투계의 흔적이 남아 너를 감전시킬 때도
있다만
너의 그릇에 담아주길 기대하지는 않는다
이게 바로 아비가 하루를 지탱해온 방식이기 때문이다

다만
이제는 나의 순수한 빛을 찾기 위해
발끝을 세울 뿐이다

파인애플 익스프레스
–비밀 작전명

때로는
영화보다 더 감동적인 작전이 성공하나보다
퇴역 미군 특수부대 요원들의 활약상이 햇살보다 더 밝다

국가가 엄두도 내지 못하는 인명 구출을 위해
민간인 신분인 그들이 대신 어둠의 골짜기로 들어갔다
그들의 동반자로 피를 나눈 아프칸인 600여 명을 탈레반
총구로부터 구해낸 것이다

전역한 특수병들은 미국 각지에서 며칠 만에 50여 명이
모여들었다
자진해서 불나방이 된 것이다
함께 화약 연기를 마시던 아프칸 병사와 그 가족들을 모
두 찾아내
달빛도 모르게 하수구로 카불공항까지
그리고 미국으로 흠 하나 없이 데려왔다

이런 면이 인간이구나
언제나
똥을 비단보자기로 포장한
삼류 정치인에게
눈과 귀를 수없이 씻어야 했지만
이런 게 바로 참된 인간의 빛이었구나
열심히 숨을 쉬어야 할 이유가 또 있었구나

11월 소묘

몇몇 알만한 이름들
11월의 허리춤에 누우시고
몸을 벗어 바람보다 가벼운 발걸음
또 다른 길을 찾아 떠나시는지

흰 구름 덩이
잎 진 가지 끝에 수심같이 걸리고
믿음이 부족한 선반 위
십자가를 움켜쥔 예수님의 어깨만
홀로 시리다

또 하나의 큰 불꽃이 사그라진 자리
영정 앞에
뒤꿈치가 훤히 보이는 해진 양말이
부동자세로
풀 먹인 거수경례를 올리는 뒷모습에서
일그러진 몇 년 치 일기장이 한꺼번에 펼쳐지고

뒤숭숭한 꿈이
머리를 풀어 헤치는 오늘
미처
배설되지 못한 시대의 이미지가
배를 드러낸 붕어처럼 사고의 늪에 떠 있다

새해 소망

돌림병이 하늘을 가린 채
검은 먼지를 뿌린다
풀이 시들 듯
세상은 시들어 가고

경자년
곪은 한 해도 발을 절며 뒷문으로 빠져나간다

2차 접종의 기대감도 허물어지고
다시 부스터샷을 하지만
겨우 마스크 한 장으로
지구를 지탱하고 있을 뿐

길 없는 길 어디쯤에서
우리는 아직도 헤매는 것일까

한 방울 눈물이
믿음을 저버린 가슴에 떨어져
싹이 트는데
왜 십자가의 끝은 멀기만 할까

하늘 자락을 당겨
다시
제 빛을 찾길 빌어본다

목련

하늘이
찬바람 밀어내면

꿈을 머금은 화사한 꽃잎마다
햇살이 고이고
치마를 걷어 올려
속살을 보이는 담대한 자태로
하루를 유혹하면

사라지는 백팔번뇌

바람마저 숨죽이는 오늘
공간을 흔드는 소리 없는 함성만
다투어 피어난다

대선 그 후

찬바람 속
알몸으로 관통한 세월의 줄기에
초록 잎새가 돋았다

비로소 하늘이 보이고

더운 날 처음 빗방울 사이로
살짝 풍기는 훈기처럼
안도감이 하루를 채운다

꽈리처럼 오므라들었던 일상이
다시 기를 펴고
오랜 친구를 불러
소주라도 한 잔 하고 싶은 오늘
유난히 햇살이 정겹다

아직도
여기저기 어둠을 먹고 자란 잡초들 섞여있지만
쟁기로 갈아내면 그뿐

한결 가벼워진 마음에
세상을 담는다

어둠이 걷히다

그들이 쓴 때 묻은 모자 위
하늘은 비어있었지
몇 년 내내
실오라기 같은 빛조차 볼 수 없었지
눈을 뜨면 사라지는 꿈처럼
희망의 싹도 찾을 수가 없었지

"균등" "공정" "정의"를
주렁주렁 달고 다니던 그들이었지
그냥 거품일 뿐이었지

어느 날
비어있는 가슴에 한 가닥 빛이 스며들었지
모두가 엎드려 있을 때
단 한 사람
균등과 공정과 정의로 포장한 위선자들에게
횃불을 휘두르고 있었지
먹구름 사이로 햇살이 삐져나오듯
견고한 둑에 작은 물줄기가 터져 나오기 시작하였지

빛은 그렇게 시작되었지
마침내 위선의 사슬은 끊어졌지
그날 눈물이 쏟아졌지
기쁨의 순수함이었지

이제
지력을 되찾은 대지에 다시 맥박이 뛰고
부드러운 흙을 밟는 발등마다
희망의 싹이 돋아나왔지

굵게 뿌리가 내리길 바랄 뿐이지

5월의 시

상서로운 기운을 흠뻑 머금은 무지개가
하늘을 채색한다

비로소 숨통이 트이고

향기로운 꽃잎이 날리는 새날이
5월의 품에서 깨어나는
아침
모래 위에 쓴 시처럼 지워진 날들이
왜 자꾸만 떠오르는 것일까

미친 촛불이 떼 지어 쓸고 간 자리에
독버섯이 자라고
더러는 그 빛깔에 속아 내상을 입기도 하였지

하늘은 오그라들고
낮에도 어둠이 내렸지

방금
책갈피를 넘기듯
돌아보고 싶지 않은 날들이 거짓처럼 사라지고
푸른 잎새 같은 싱싱한 날이
줄지어 다가오는 오늘

상서로운 기운에 하늘이 충전되듯
우리도 다시 발끝에 힘주어
내일의 발짝을 심는다

어떤 사진

몇 년 만에 목을 내민 사진에
눈을 뜬 한반도가
불에 데인 듯 화들짝 일어서고 있다

“귀순 의사가 전혀 없어서 북으로 되돌려 보냈다”

적당히 식은 커피처럼 세상이 만만히 보였을
당시
당국자들의 검은 속이 훤히 드러나는 순간이다

금 하나만 밟으면
고문 도구가 기다리는 곳을
등을 떠밀어 내쳐버린 인권변호사 나으리
옥새를 반납한 지금도
편히 안락의자를 흔들 수 있을까

왜 5년 내내
철조망 너머의 눈치만 살피고
기름진 우리 땅에는 잡초만 무성하게 방치해 두었을까

한 무리 오염된 패거리만 챙겨온 불온한 자가
이 땅을 멍들게 하고
프로파간다의 낡은 헝겊으로
국민들 눈을 가려
잠의 수렁에 빠지게 하였지

오랏줄에 묶여
판문점에 거칠게 세워진 두 명의 어부
푸줏간에 내걸린 고기 두 덩이

그들의 울부짖음만 끈적하게 바닥에 새겨져 있다

호모사피엔스

질긴 낯가죽을 뚫고 본성처럼 삐져나온
턱수염을 밀며
어느 것이 본래의 모습인지 헷갈리는 아침

기계적으로 돌아가는 일상의 컨베이어 벨트 위에
미처 정리하지 못한 하루를 올려놓는다

이미 왼뺨을 내주라는 주문 따윈 잊어버린 가슴에
화폐가 들어앉고
구겨진 지폐 몇 장을 위해
기꺼이 지구의 내장 속에서 땀을 흘리기도 하며
자장면을 배달하고
손끝도 가볍게 붕어빵을 뒤집는 호모사피엔스

어쩌면
종교나 이념의 밑바닥에 재화의 강물은 흘러
탯줄이 되고
그 줄기 끝에 자라는 인공지능들
마침내 완전체가 되어 또다시 신의 영역을 허무는 것은
아닌지

한 모퉁이만 돌면
길가메시*의 불사 프로젝트가 실현될 것 같은 오늘
왜 섬뜩한 기운만 예리한 날처럼
몸 속 깊이 파고드는 것일까

*길가메시: 우르크의 왕이며 영웅으로 불사를 얻기 위해 저승까지 갔으나 뜻을 이루지 못하고 결국 빈손으로 돌아옴(고대 수메르 신화)

폐지처분

꿈에서나 활개 치는 언어들이
풀이 죽어 있다

“생전에 시집은 안 팔리게 돼 있다. 그러기에 별도의
직업이 필요한 거다. 사후 3편의 기억되는 작품만
남기면 성공한 거다.”

문득
스승님의 따끔한 한마디가
멱살을 잡지만
조금은 위로가 될까

온갖 미디어가 거품을 물고
세상을 장악하는 오늘
당신의 한 줌 온기는 어디서 찾을 수 있습니까

매일 불안한 걸음을 지탱하는
노파의 지팡이처럼
희미하게 빛을 내는 내 생애의 언어지만

교환가치도 없는 이것들을
소각하기 위해
조용히 가슴에 성냥을 긋는다

5부

가시고기

이분을 하느님이라 부른다
얼굴도 모르는 사람에게
콩팥도 각막도
간까지 떼어주고
망치를 잡을 힘마저 소진한 어느 이름 없는 목수

그 해 여름 Ⅱ

1

며칠째 한반도를 강타한 빗줄기는
그녀처럼 깊이 상처를 남긴다
또 하루가 유실된 것이다
왜 그녀는 언제나 위험수위를 넘나드는 것인지
문득 작은 풀벌레의 숨결이
혈관 어딘가를 적신다
흙탕물 사이로 투명한 물줄기가 흐르듯
납덩이에 매달린 생각을 비집고
스미는 향긋한 바람

2

모국어 같은
戶山 아시노 호수에 비치는 하늘을 바라보며
광복 50주년을 맞는다
가슴을 나누는 일본인 문인과
조금씩 응어리를 풀어가면서
식민지의 잔영을 씻어내듯
잘려나간 구 조선총독부의 질긴 모가지를 떠올린다

3

"플라톤과 아리스토텔레스는 각기 다른 모방설을
피력하였다…"까지 읽으며 책을 덮는다
너무 눈에 익은 활자를 드러내는 작업은 실증이 난 것이다
그러나 스스로를 조율할 기력마저
상실해가는 것은 아닌지

4

방학이 끝난 교정은 굵게 힘줄을 부풀린다
어린 학생들의 활기 띤 외침에
한층 높아지는 하늘
이제는 사라진 반딧불처럼
별들은 얼굴을 내밀고
모기를 쫓으며 설화를 물려주던
아버지의 여름밤이 다시 회복될 때
비로소 알 수 없는 힘에 충전된다
바로 여기에 내일은 존재하는 것이 아닐까

그녀를 소각한다

이미 세상을 떠나버린 사람을 지워가듯
오늘도 조금씩 그녀를 소각한다

애증의 칼날을 세우는 그녀 혀끝에 하나씩 베어지는 몸뚱이
팔도 다리도 가슴도 잘리고
이제는 드러나지 않았던 부분마저 모두 도려지고

꽃을 말리듯 물기 젖은 생각들을 말린다
그저 그곳에 있으므로
무심코 존재하는 돌멩이처럼
저만치 하루가 건성으로 서있다

언제부터인가 나는 그녀의 현미경 속에 눈금이 매겨져 있었다
아침부터 잠자리에 드는 순간까지
어느 눈금에서 마음껏 깃을 치는 새가 될 수 있을까

또 그녀를 소각한다
그러나 나사처럼 조여오는 그녀

차의 묘지에서

부식되어가는
기계의 잔해 속에
도시는 짐승처럼 자라

매연으로 얼룩진 무릎을
씻기도 전에
새는 목이 쉬고

하늘을 향한 환기통에
언제부터
폐유는 흘러

지금쯤
지구의 어느 단층으로
코끼리들은
화석이 될 준비를 하고 있을까

산성을 머금은 비에
금이 간 암석과
강물이 일어서기 시작할 때
문명은
차의 묘지 저쪽에
시력을 잃어가고 있다

노점상과 북어

작은 수레바퀴 위에 구겨진 꿈들이 입을 벌리고 있다
비닐 끈에 매달린 채 수분을 상실한 아가미
바람이 스쳐간 지난밤 갈증이 남아 다물 줄 모르고

마음을 비웠다고 소리치는 사람처럼
도려낸 내장들은
지금 어디서 비린내를 풍기고 있을까

시장 골목
제각기 모여든 너와 나
혈관을 잇고
가슴 데우며 살아가는 곳

때로는 자리다툼에
하루가 휘청거리기도 하지만
비 온 뒤의 풀밭처럼
오히려 생기가 흘러넘치기도 하는 곳

흥정을 벌이는 노점상의 목청에
유난히 물기가 도는
오늘

몇 잎 은행이파리에 두 손을 물들이며
찾아온 숨결
바다 냄새가 묻어나고 있다

참새

녹슨 교각 아래
사살된 음절을 물고
톡톡 튀어다니는
작은 맥박들

바람에 나래를 말리며
지난밤
누가 흘린 꿈의 잔해를 줍는 것일까

절반쯤
폐수에 젖은 채
너의 비상처럼 굴절하는 태양

아직도 형체를 드러내지 않고

보도에 떨어지기도 전 비질에 쫓기는 낙엽
쿵쿵 나무를 치며 흔들며 목을 조이는 손들
아직 실오라기 같은 숨결이 붙어있는 나뭇잎마저
먼지를 털 듯 떨어내어
네가 쉴 곳은 도시공간에 모두 빼앗기고
사람들 가슴에
남은 한 점 여운도
사라져버린 지금

언제부터 내게 숨어들어
가녀린 깃을
근심처럼 드리우고 있는지
짹짹짹
성대를 울리는 소리

호칭

오늘도 나는
미화원 아저씨의 부인에게 사모님이라 부른다
자기 일에 온통 땀을 쏟는 이의 부인에게
어울리는 호칭이기 때문이다

나는
구두 수선공 이 씨에게도 정중히 사장님이라 부른다
희끗희끗 눈발이 섞인 머리카락 아래
빛나는 거친 손등이 위대해 보이기 때문이다

또 나는
이분을 하느님이라 부른다
얼굴도 모르는 사람에게
콩팥도 각막도
간까지 떼어주고
망치를 잡을 힘마저 소진한 어느 이름 없는 목수

2000년 전 마구간에서 태어나
온 우주에 따스함을 채워준
그분의 눈빛을 보았기 때문이다

그러나
기개가 박혀있는 뼈대와 정감이 스며있는 살점
샘물처럼 반짝이는 정신은 모두 어디로 가고

현란한 혓바닥만 남아 표밭을 헤집는 자들과
잔뜩 바람들어 풍선처럼 부풀은 몸뚱이를 허공에 매다는 자들
그리고 위선으로 가득 찬 얼굴에 금빛 가면을 쓰는 자들

나는 이들을 깍듯이 선생님이라 칭한다

가면놀이

어제의 탈을 벗기도 전
또 다른 가면을 쓰는 아침
하수구처럼 거품을 일으키는 너는
무엇을 세척할 것인지

천 년 옷깃을 적시며
스며드는 빗물에
동상이 기침을 할 때
우산을 받쳐줄 사람은 모두 어디로 가고

황금 모자를 쓴
난쟁이들이
도심의 층계를 이어가는
오늘

나의 하느님 1

피부가 하얀 시각장애자 부부는
황색 피부의 시각장애아를 아침햇살보다 밝게 키웠다
네 살배기 광숙이가 이제 대학생
모국어는 잊었지만 지금도 기억하는 언어 "어부바"

전아영
생후 6개월
정신지체아
입양 후 겨우 한 달 만에 시들어가는 맥박임을 알았지만
인연의 끈을 더욱 조이며
안타깝게 생기를 심어주는 전씨 부부

가끔은 하느님 같은 분이 나타나서
허물어지는 지구의 끝을 온몸으로 잡고 있다

어린이날에

너희가 초등학교에 다닐 때였다. 어린이날이 다가오고 있었지. 늘 주머니가 빈약한 아버지는 "크리스마스 선물"의 주인공처럼 종일토록 얇은 구름 위를 서성거렸어. 그러다 문득 너희에게 헌혈증서를 선물하기로 마음먹었지. 진분홍 혈액이 투명한 고무 팩을 부풀릴 때 화안히 눈앞을 밝히는 수 천 마리 나비 떼… 이 한 방울 붉은 액체가 누군가를 도울 수만 있다면 이게 바로 아버지의 작은 선물이 되리라 생각하였다.

발을 담그기만 하면 금세 지느러미가 날 것만 같던 맑은 시내와 풀밭에 누우면 그냥 온몸을 적시던 풀피리 소리가 모두 아버지의 어린 날이었다. 지금 냇물은 작은 붕어마저 숨이 막히고 부유하는 기름 덩이들. 학교에서 학원으로 다시 무슨 도장으로 보조 가방을 갑옷처럼 걸친 채 비틀대는 어린 걸음은 과연 지구를 움직일 수 있을까.

언제나 어린이날에만 어린이를 챙기는 어른들은 하늘을 상실하듯 어린 날을 잊은 것은 아닌지.

「흥겹게 춤을 추다가 그대로 멈춰라…」

아이들을 들뜨게 하는 노래 몇 소절. 이 앳띤 목소리는 무엇을 의미하는 것일까. 이제 하나씩 어른들은 가슴을 비우고 어린 꿈들에게 끝끝내 시들지 않는 날개를 달아줄 때다. 5월 잎새와도 같은…

검진을 하며

모로 눕는다
마취액이 목젖을 휘젓는 순간
가시에 찔린 듯 각을 세우는 세포
이내 감각은 무디어지고
굵은 호수가 목구멍 깊숙이 꿈틀거리는
위 내시경 검사

시커먼 뱃속이 여지없이 모습을 드러내고 있다

나이가 들수록 뱃속을 장악한 위선의 찌꺼기들
탐욕스런 하이에나의 괴성과
삼류 정치꾼의 뻔뻔한 웃음이 언제나 고여 있는 그곳에
차마 체면 때문에 숨겨두었던 속말까지도
구석구석 훤히 드러날 것만 같아
오금이 저리는데

참 깨끗하네요
아주 양호합니다
전문의의 무뚝뚝한 말투가 오히려 정겹다

그러면 그렇지
헛구역질 몇 번 쯤이야
속내만 들키지 않은 것을 다행으로 여기면서
엉큼한 배를 내민 채 현관을 나선다
기분 좋게 나선다

말씀 때문에
―김경린 선생님을 추모하며

모더니즘의 세례를 뜨겁게 받던 날
비로소 광부가 되었다는 말씀과
온몸을 살라 금맥을 찾으라는 말씀
아직도 씨앗처럼 박혀있지만

금맥을 캐는 눈도
곡괭이질도
여전히 서툴기만 한
광부

오늘도 잡석가루만 뒤적이다가
헛손질만 하다가
아예 일손을 놓은 채
빈둥대다가
울컥
온몸을 살라 금맥을 찾으라던 말씀
가시 되어 목에 걸리면

나는 또 조금씩 줄어들고
절반쯤 줄어든 키를 보며
어두운 사유의 갱도에서 길을 잃을 때
어디선가 나직이 들리는 소리
혈관을 뛰게 하는 가벼운 채찍소리

–너는 온몸을 살랐느냐–

결코 주저앉을 수 없는 하루를
일으켜 세우며
금맥을 찾기 위해
관절마다 불을 당긴다
스스로 어쭙잖은 불꽃이 된다

가시고기

가시고기는 작은 물고기 수놈이다 둥지를 지키기 위해 서라면 등에 난 가시를 세워 물불 안 가리고 덤벼들지만 알들을 온전히 부화시키기 위해 쉴 새 없이 지느러미를 움직여 신선한 공기를 공급해야 하는 고된 노역도 마다 않는다 어린 생명들이 꼬물거리며 쏟아져 나올 때쯤 마침내 기진한 몸뚱이는 가라앉고 스스로 먹이가 되어주는 가시고기

모질게 사셨던 아버지
군청 공무원이었다가
요릿집 주인이었다가
육이오 사변 직후에는
기와공장 사장님이었다가
쫄딱 망한 후
집 수리공으로
칠순이 넘도록 찬바람 가르며 끊임없이 망치질을 하셨지
망치질 소리에
자식들은 풀처럼 자라
회사원도
의사도
장사꾼도 되었지

가시를 세워 악착같이 둥지를 지키면서
죽어서도 새끼들을 키우는 작은 가시고기
우리 아버지

어린이날에 2

오월의 잎새처럼 푸르기만 한 네 손에
오늘은
헌혈카드를 선물하마
너와 같이 어느 누구와도 싱싱한 숨결을 나누고 싶은
아빠의 마음이 거기에 붉게 물들어 있지

만지면 푸름이 배어들 것만 같은
너와 그 얼굴들에게
또한 하늘을 주고 싶구나
사방치기에
자전거 타기에
마음껏 뛰어놀아도

과외공부의 주름이 없는 하늘을
오늘
이름표처럼 달아주고 싶다

후기

시를 알수록 시의 무게가 더욱 어깨를 짓누른다.

언제나 시집을 출간할 때마다 아쉬움이 머리를 드는 것은 뼈를 깎는 시간을 소모하고도 이렇다 할 언어를 생산하지 못했기 때문은 아닐까.

그러나 조금의 위안이 되는 것은 나의 빈약한 언어가 어느 누군가의 가슴에 작은 울림으로 남아있다면, 그것으로도 소임을 다한 것이라 여겨지기 때문이다.

지금도 나태해질 때면 스승님을 떠올린다.

–너는 온몸을 사르고 있느냐?–

종종 이 말씀이 채찍이 되어 어쭙잖은 불꽃을 지피기도 하지만 스승님의 기대에 미치지 못하는 무능함을 탓할 뿐이다.

제6집『가시고기』를 상재한 이래 근 7년 만에 제7집『자네』를 출산한다.

말미에는 그간에 상재한 시집 중에서 미련이 남는 작품들을 몇 편 얹혀놓았다.

스승님(김경린 선생님)께서 추구하신 소위 포스트모더니즘의 시에 부합한다고 믿기 때문이다.

갑자기 선선해진 날씨에 여름의 끝자락을 아쉬워하는지 매미의 목청이 한결 부풀어 있다.

제7집 『자네』를 내놓으며 소천하신 스승님과 모든 분에게 깊이 머리 숙여 감사를 드린다.

2022년 늦여름 어느 날
자란로에서 이계설